Asger

Menneskeskæbner Vol. 2

af

Michael Sørensen

Forlag: BoD – Books on Demand, Hellerup, Danmark
Tryk: BoD – Books on Demand, Norderstedt, Tyskland
ISBN 9788743056393

Asger er skrevet til lyden af:
Låpsley – Cautionary Tales of Youth

Tak til Stina for tålmodigheden, roserne og sparring.

Tak til Kurlandsgade for de mange gode snakke.

Tak til Berit for gennemlæsninger og kæmpe hjælp.

En særlig tak til Karina for det fine cover.

Tak til dig, der sidder med denne bog i hånden. Historien er blevet til via nogle forskellige benspænd, der skulle gøre skriveoplevelsen mere flydende.

Jeg måtte ikke forberede historien, lave notater eller have en idé om, hvad historien skulle handle om.
Jeg måtte ikke strække fortællingen længere end en uge.
Jeg måtte heller ikke skifte tempo i fortællingen.
Sidst, men ikke mindst: Hovedpersonen skulle være 29 år gammel – og historien måtte ikke slutte med nogen form for konklusion.

Det var en anderledes og spændende måde at skrive på. Jeg håber, at du nyder at læse historien lige så meget, som jeg nød at skrive den. God fornøjelse.

Michael

Kapitel 1

De var tre mænd i afdelingen. Asger var den yngste. Carsten og Niels havde hver især været ansat i banken i snart en menneskealder. De holdt sammen om det meste, og derfor måtte Asger bare følge med. Demokratiet blev hyldet i afdelingen, og derfor havde Asger endnu ikke haft indflydelse på noget som helst, siden han begyndte to år forinden. Niels satte dagsordenen. Carsten var typen, der ukritisk samtykkede uanset, hvad Niels besluttede. Asger kunne egentlig godt lide Carsten, men Niels led af humørsvingninger, og de fungerede som en tsunami. Først var der ro, og pludselig var alting kaos og ophidselse. Asger var gået fri, men et par medarbejdere fra andre afdelinger havde fået med grovfilen af Niels. Det var ikke rart at være i nærheden af, så folk lærte af deres fejl, selv om man aldrig rigtig kunne vide sig sikker på, hvornår Niels ville koge over.

Deres nærmeste chef, Jarl, var bankens mand. Han hoppede, når direktionen bad ham hoppe. Hvis ikke han kunne hoppe, fik han afdelingen til at gøre det for ham. Asger hoppede ret tit. Nogle gange betød det, at Asger først havde fri lang tid efter resten af bankens medarbejdere havde spist deres aftensmad og puttet deres børn. Så langt var Alma og Asger ikke kommet, men de havde gjort noget ved det. Alma var gravid i femte måned.

Carsten havde inviteret til frokost den dag, hvor Asger havde fortalt det på arbejdet. Niels havde belært Asger om sine synspunkter angående barsel og hvordan den skulle fordeles. Sådan var Niels. Han delte beredvilligt ud af gode råd om alt fra børneopdragelse til parforhold. Han var godt nok skilt, og hans børn ville ikke snakke med ham, men det afholdt ikke Niels fra at sætte skabet på plads, som han elskede at kalde det, når han havde delt ud af sin visdom.

Carsten var ungkarl og havde været det hele livet, så han tog alt, hvad Niels sagde, for gode varer. Han kunne også sagtens dele ud af, hvad Niels havde oplevet og sagt – uden selv at have nogen erfaring med det, han udtalte sig om. Det var som regel kun, hvis Niels havde skruet helt op for den bestemte tone, at Carsten glattede ud ved at gentage alt, hvad Niels sagde, på en mere diplomatisk måde. Denne mandag var Niels i strålende humør. Han havde fortalt Asger, at han havde været ude med en kvinde fra Husum. Det var åbenbart gået godt. Niels havde sit røde slips på, og det havde han kun, hvis humøret var exceptionelt godt. Asger havde lyttet med gennem hele anekdoten fra de tre retter på Jensens Bøfhus til, hvordan han havde tilbudt kvinden fra Husum et glas af sin bedste whisky, som åbenbart var skotsk og helt ubetalelig.

Carsten var mødt ind, og straks havde Niels sluppet sit mentale tag på Asger for at give ungkarlen i afdelingen den udvidede anekdote, der havde et par vulgære beskrivelser indført, som Asger var blevet forskånet for. Nu sad Asger og tjekkede sine mails, mens Niels og Carsten var nået til præferencer på brystørrelser og bagdele til gården og gaden. Asger tog sit headset på. Han skulle ikke ringe, men han var ikke lige i humør til at ramme laveste fællesnævner for Niels og Carsten så tidligt på ugen. Det var rigeligt om fredagen, når kontoret havde fredagsbar, hvor Asger altid deltog så længe, som han følte var påkrævet. Her handlede samtalerne oftest om, hvilke kvinder på kontoret, som Niels godt gad at give en omgang – og hvordan det så skulle foregå. Der havde været mange klager over Niels, men han passede sit arbejde, havde været i banken i næsten tredive år, og så gjorde han, hvad han blev bedt om. Nye ansigter i banken blev på forhånd advaret om Niels, så direktionen slap for de værste klager. Gudskelov havde han det hele i munden, så de fleste havde lært at leve med ham på godt og ondt. Asger gjorde, hvad han kunne, for at holde sig langt væk fra Niels – og det virkede, når Carsten var i nærheden.

'Kan jeg lige få jeres opmærksomhed?'

Det var Jarl, der fik Asger til at tage sit headset af.

Han klappede endda i hænderne, så selv Niels stoppede sine udgydelser om den stakkels kvinde, der åbenbart havde spildt en aften på at gå ud med fjolset. Jarl lukkede døren, så kun han selv, Niels, Carsten og Asger kunne være en del af samtalen. De to andre tog plads ved deres skriveborde, mens Jarl tog opstilling midt i rummet.

'Jeg har lidt vigtigt nyt, som jeg gerne vil dele med jer.'

'Nå, har hun allerede sladret om, hvor god jeg var i weekenden?'

Carsten grinede. Jarl ignorerede Niels fuldstændigt.

'Jeg har lige hørt et rygte ude i byen.' begyndte Jarl.

Niels skulle til at afbryde, men Jarl stirrede ham til tavshed.

'BioPartner har ikke fået den nødvendige godkendelse fra de amerikanske myndigheder.'

Asger havde allerede et par sider med finansnyheder åbnet på sin computer. Han scannede kort overskrifterne, men kunne ikke umiddelbart se noget om BioPartner.

'Det er IKKE officielt endnu.' fortsatte Jarl, som om han havde læst Asgers tanker.

'Men…' begyndte Carsten.

'Vi sidder på en betydelig mængde aktier her i banken.' afbrød Jarl.

De tre ansatte nikkede. De var alle bekendt med bankens aggressive opkøb af BioPartner-aktier. Det havde været en strategi for banken at styrke sin portefølje inden for medicinalområdet. BioPartner havde udviklet en medicin mod overvægt, som havde vist utrolige resultater i tidlige tests. Man manglede egentlig bare godkendelse fra de amerikanske myndigheder, før pengene ville strømme ind. Indtil dette øjeblik havde det været en formalitet for BioPartner. Nu var det åbenbart, at godkendelsen var blevet afvist, og pludselig stod banken i en meget sårbar situation med en stor mængde aktier, som ville vise sig at være ubrugelige om få dage. Asger kunne mærke alvoren sænke sig over rummet. Selv Niels havde et alvorligt udtryk i ansigtet. Asger tænkte kort over, om de alle ville blive fyret. Det var helt sikkert et trecifret millionbeløb, som banken stod til at miste – måske endda mere end en milliard. Asger følte sig fysisk dårlig.

’Vi skal af med de aktier, inden nyheden kommer ud fredag.’ sagde Jarl tørt.

’Hvordan gør vi det bedst?’ spurgte Niels koldt.

Jarl stod et øjeblik og kiggede rundt på de tre ansatte i afdelingen.

’Jeg har talt med direktionen. De vil gerne have, at I tre bruger al jeres vågne tid på at sælge så meget som overhovedet muligt.’

Niels nikkede og Carsten stemte i. Jarl smilede.

’Glemmer vi ikke…’

’Nej, Asger. Det glemmer vi ikke, for vi ved ingenting.’

’… men er det ikke insider…’

’Er du dum? Du ved ingenting, snothvalp.’ knurrede Niels.

Asger klappede sammen som en østers. Jarl kiggede spørgende på Asger, der straks lod blikket falde på skærmen foran sig.

’Behøver jeg at minde afdelingens yngste mand om, hvad dette kan ende med at koste hans arbejdsgiver?’

’Selvfølgelig ikke.’

Asger løftede ikke blikket.

’Så jeg kan regne med alles diskretion i denne sag?’

’Selvfølgelig chef!’

Niels stirrede på Asger, mens han svarede.

’Godt så! Jeg vil gerne have, at I går alle jeres kunder igennem. Find alle småsparerne, gnierne og pensionisterne frem.’

Niels var allerede i gang med tastaturet. Carsten ventede yderligere på ordrer fra Jarl.

Asger sad bare og stirrede ind i sin skærm. Han ville ikke blive hørt, uanset hvordan han prøvede at formulere det moralsk forkastelige i Jarls plan.

'Fortæl hvordan BioPartner er dette århundredes Novo Nordisk. Sikre penge!'

'Hvad med godkendelsen?' spurgte Carsten.

'En formalitet. Den er så godt som hjemme.' svarede Jarl.

Asger havde lyst til at slå i sit tastatur, men vidste også godt, at et udbrud ville koste en fyreseddel. Dette her var større end Asger. Det var endda større end Jarl. Det var direktionen, der havde dikteret, hvordan tingene skulle gøres. Det var bankens fremtid, der var på spil, og Asger var verdens mindste brik i det spil. Han skulle bare gøre, hvad han blev bedt om. Gjorde han ikke det, ville Jarl bare finde en anden. Det var både ulovligt og mere end kritisabel praksis fra bankens side. Hoveder ville rulle, og Jarls ville rulle hurtigere end alle andres. Asger ville heller ikke gå ram forbi, men han havde jo bare pareret ordre.

'Hvor mange må vi sælge ad gangen?'

'Alle dem, som du kan komme af med, Niels.'

'Hvis folk spørger?'

'Banken vil gerne dele indtjeningsmulighederne med sine kunder, og vi har derfor åbnet op for vores egen portefølje.'

'Lyder det ikke underligt?' spurgte Carsten.

’Så find på noget selv.’ sagde Niels nonchalant.

’Men hvad så når nyheden kommer ud? Vil folk ikke undre sig?’

Carsten stillede alle de spørgsmål, som Asger ikke havde turdet stille selv.

’Banken taber jo også penge. Det går jo ud over vores kunder.’

’Men det er jo kunder, som vi i forvejen ikke tjener penge på.’ sagde Carsten.

Det ved folk jo ikke. Det er bare ikke bankens penge, som de taber. Kan du ikke se en fordel ved det?’

Carsten nikkede forsigtigt. Han kiggede på Asger. Deres øjne mødte hinanden.

’Hvad fanden er I for nogle tøsedrenge? Så vi mister en flok småsparere og nogle pensionister? Vil I hellere miste jeres arbejde?’ knurrede Niels.

Carsten sagde ikke noget. Asger havde aldrig før set Carsten modsige Niels. Det var interessant fra Asgers perspektiv, men Niels virkede helt upåvirkelig.

’Sælg nu bare de skide aktier. Hvis vi er heldige, bliver nyheden først offentliggjort på fredag.’

’Fem dage. Det skal vi nok klare.’ nærmest jublede Niels.

Ingen andre sagde noget og Jarl forlod kontoret.

Kapitel 2

'Kan de virkelig tvinge dig til at bryde loven?'

Alma sad med en skål slik i skødet. Søde sager havde været hendes våben mod morgenkvalme i begyndelsen af graviditeten. Nu var bland-selv-slik et fundament i hendes behovspyramide.

'De kan ikke tvinge mig, men de kan fyre mig.'

Asger sukkede og lod sig falde tilbage i sofaen. I ren refleks kørte han hånden over Almas mave. Det havde han allerede gjort hundredvis af gange i løbet af de fem måneder, siden hun var blevet gravid.

'Så lad dem fyre dig.'

Hun stillede skålen fra sig.

'Hvad så? Skal vi så leve af din barsel?'

'Vi har da en opsparing. Du skal ikke lade dem tvinge dig til at gøre noget, som du ikke har lyst til!'

Hun smilede til Asger. Han løsnede sit slips. Han havde lyst til at forklare sin kæreste, at tingene var langt mere komplicerede end, hvad hun lige forstod. Omvendt elskede han hende for at forenkle et ind imellem alt for kompliceret voksenliv, så han lod hende tale.

'Det er bare et arbejde, Asger. Der er andre banker. Der er andre ting, som du er god til.'

Han smilede til hende. Hun havde ikke været i bad, havde fedtet hår, og sukker fra slikket sad fast om munden på hende. Alligevel fandt han Alma uendelig smuk.

'For eksempel at sætte hylder op?'

Han pegede på hylden, hvor ingenting af værdi kunne stå. Den skrånede så voldsomt, at Alma havde opgivet at bruge hylden over sit skrivebord til noget som helst.

'Den hylde er, lige som den skal være.' sagde hun.

Asger følte sig som en skæv hylde. Alt fornuft gled ud af hovedet på ham, hver gang han tænkte på arbejdet. Sådan var resten af mandagen gået. Nu sad han i lejligheden, som var den billigste toværelses, han og Alma havde kunne finde for under to millioner. Der var ingen plads til Almas studiebøger, og nu ventede de et barn, som skulle sove i en skuffe, hvis enten Alma eller han var villig til at skille sig af med noget af deres tøj.

'Jeg har brugt dagen på at finde kunder fra mit kartotek.' sukkede Asger.

'Stakkels mennesker.' sagde Alma.

Asger lukkede øjnene. Han var allerede vellidt af mange af bankens små kunder, fordi han altid talte deres sag og var på deres niveau. De næste dage skulle han smide det hele overbord, for at lyve sig til investeringer, som folk med garanti ville tabe alle deres penge på.

Følelsen af svimmelhed og lysten til at brække sig meldte sig for gud ved hvilken gang. Han mærkede magtesløsheden, som han flere gange i løbet af dagen havde følt i kroppen.

'Vil du have noget slik?'

Alma rakte skålen mod Asger, der ufrivilligt åbnede øjnene. Han tog en skumfidus og stak den i munden. Den smagte af jordbær.

'Jeg tror ikke, at jeg har lyst til aftensmad' klagede Alma. Hun havde munden fuld af slik.

'Jeg har heller ikke handlet.'

'Det er også lige meget.'

Alma prøvede at kramme Asger, men skålen med slik var i vejen. Det var en kamp, som Asger med garanti ville tabe. Han stirrede på skålen. Det kunne han lige så godt vænne sig til. Det ville langt fra blive den eneste kamp, som han ville tabe i denne uge.

Kapitel 3

'Det er Asger fra…'

'Hej Asger!'

Begejstringen var tydelig. Fru Mogensen var altid i godt humør, når hun talte med Asger. Hun var pensioneret skolelærer og havde en varm og behagelig telefonstemme.

’Jeg ringer til dig, fordi jeg har et tilbud, som jeg gerne vil præsentere dig for.’

Der var et øjebliks stilhed i den anden ende. Asger følte, at den rare fru Mogensen havde set igennem ham. Han var en løgner, en svindler og en landevejsrøver.

’Det lyder spændende, Asger.’

’Det forholder sig sådan, at banken i øjeblikket prøver at etablere sig på medicinalmarkedet.’

’Det lyder altså spændende.’ kom det fra fru Mogensen.

Asger lukkede øjnene.

’Så jeg vil gerne dele mine tanker med dig omkring BioPartner.’

’Ja, dem har jeg da godt nok læst meget om i avisen.’

’De er i gang med at udvikle et slankemiddel, der på sigt kan udrydde overvægt i rigtig mange lande.’

’Det er altså spændende, Asger.’

Asger tjekkede fru Mogensens finansielle situation. Hun havde et hus, som hun ikke længere skyldte penge for. Samtidig havde hun en fornuftig opsparing på syv cifre, der helt sikkert ville holde hende kørende til hendes død. Udover det havde fru Mogensen sin aktiekonto, som Asger havde bestyret for hende på bedste vis.

Hun havde i begyndelsen skudt halvtredstusinde kroner ind på kontoen, men da Asger havde haft fornuftig succes med at forrente hendes penge, havde hun skudt yderligere hundredetusinde ind fra sin opsparing. Nu stod der mere end et par hundredetusinde, som Asger nu ville have fingrene i. Pengene var i øjeblikket fordelt over stabile aktier, der hverken tjente eller tabte penge for fru Mogensen.

'Jeg tænkte på, om du kunne være interesseret i at prøve denne unikke mulighed?'

Endnu et øjebliks stilhed fik Asger til at føle sig som verdens værste menneske. Det skulle snart blive værre.

'Jeg kunne godt tænke mig, at vi bare investerede det hele.'

Asger var helt tør i munden og måtte tage en slurk vand fra sit krus, før han kunne tale igen.

'Hele beløbet? Jeg indrømmer gerne, at det står lidt stille…'

'Jeg synes, at vi skal tage chancen. Jeg har tillid til dig, Asger.'

Han havde lyst til at råbe ad fru Mogensen, at hun ikke skulle stole på ham eller banken længere. At hun skulle opsige sine konti og skifte bank med det samme. Han råbte ingenting.

'Jamen, skal jeg så ikke få solgt, hvad du har stående.'

'Gør det, Asger. Tak fordi du ringede.'

Fru Mogensen lagde på. Asger gik i gang med at gennemføre salget af Fru Mogensens aktier. Om et par timer ville hele opsparingen være investeret i BioPartner. Om et par dage ville alt være tabt.

'Det kører for dig.' sagde Niels og klappede Asger på ryggen.

Niels havde i sin iver lavet en tæller, der på den store skærm på væggen informerede kontoret om, hvor mange penge, de hver især havde solgt BioPartner-aktier for. Med Fru Mogensens investering var Asger på førstepladsen. Niels var lige efter, mens Carsten virkelig haltede bagud.

Kapitel 4

De havde fået deres mad. Asger havde ikke sagt meget, siden de havde mødtes foran restauranten. Nu sad de tre venner omkring et gammelt krobord med hver deres stegte flæsk og persillesovs. Asgers krop føltes tung mod den brune krostol. Maden havde givet ham kvalme, før han overhovedet havde smagt på den.

'Vi har slet ikke fokuseret på NASDAQ. Så længe den amerikanske nationalbank ikke har meldt ud om renterne, holder vi os i ro.'

Rasmus var altid den, der havde mest at sige, når de tre venner mødtes over det obligatoriske stegte flæsk en gang om måneden.

'Der kommer ikke det rentefald, som alle taler om. Det tror jeg simpelthen ikke på.' sagde Conrad.

De spiste begge af deres mad. Asger rørte ikke sin og deltog heller ikke i samtalen.

'Kan du ikke lide maden?' spurgte Rasmus.

'Han er på kur. Han bliver så fed af at sidde i banken.' drillede Conrad.

'Vi satser stort på BioPartner.' sagde Asger ud af det blå.

Begge venner nikkede. Rasmus lavede en trutmund, der fik ham til at se eftertænksom ud samtidig med, at han tænkte.

'Jeg køber alt, hvad jeg kan få fat i.' løj Asger.

'Gør du det?'

Conrad så pludselig mere interesseret ud.

'Er det en strategi fra øverste ledelse?' fiskede Rasmus.

De vidste alle tre godt, at Asger ikke kunne svare på det spørgsmål. Alligevel blev der, som Asger også forventede, lagt stor vægt på, at han ikke svarede.

'Måske man skulle købe BioPartner.' sagde Conrad.

'Jeg har da et par klienter, der godt kunne bruge medicinalaktier.' sagde Rasmus.

Asger nikkede. Han tog en bid af det stegte flæsk. Det smagte bedre end han havde forestillet sig øjeblikket forinden. Han var godt klar over, at hans to gamle venner fra handelsskolen ikke ville blive overlykkelige, når nyheden om BioPartner ramte resten af verden om fredagen, men ingen af de to venner ville nogensinde mistænke Asger for insider trading. Han var den af de tre med flest moralske skrupler ved overhovedet at arbejde på aktiemarkedet.

'Jeg har gjort nogle billige indkøb de seneste uger. Hvor meget har I brug for?'

De to venner lagde begge deres bestik fra sig næsten synkront.

'Kan du sælge BioPartner, mens I køber ind?'

Conrad lød overrasket.

'Hvis jeg har tjent ti point og samtidig medvirker til en stigning i resten af vores portefølje, kan jeg nok godt skille mig af med lidt.'

'Jeg er så meget på.' kom det fra Rasmus.

Conrad sad og tænkte. Han var analytikeren af de tre. Asger var ikke i tvivl om, at Conrad havde en fornemmelse af, at der var noget, der ikke helt stemte ved historien. Asger bevarede roen. Grådighed har en tendens til at overtrumfe tvivl.

'Jeg er all-in.' kom det fra Conrad.

Asger bemærkede, hvordan Conrad prøvede at aflæse Asgers øjne.

'Skal vi så ikke have en øl mere?' kom det fra Rasmus.

Asger løftede blikket og brød ud i et kæmpe smil. Det overbeviste tydeligvis Conrad, der straks kaldte på en tjener, så de kunne bestille flere drikkevarer.

'Hvordan går det med Alma?' spurgte Conrad, efter han havde signaleret til tjeneren.

'Jo, det går fint. Hun er på barsel fra studierne. Hun gik fra i sidste måned.'

'Det var tidligt. Hvor langt er hun?'

'Hun er i toogtyvende uge.'

De to venner nikkede. De var begge forældre, så de forstod og talte graviditetssprog flydende.

'Det passede med et semester, så det gav mening.' fortsatte Asger.

Inde i hovedet kørte tankerne rundt. Han havde lige sparet banken for en ret stor lussing. Spørgsmålet var bare, hvor meget han kunne tilbyde de to venner, før de fattede mistanke. Han havde lyst til at gå ind på Jarls kontor og lægge en salgsordre på nogle millioner, men han var bekymret for, om vennerne ville ane uråd, hvis antallet af aktier blev for voldsomt. Banken var jo ikke en gavebod.

'Så er der kolde øl.'

Tjeneren satte de kolde krus foran de tre venner.

'Så vil jeg gerne skåle for BioPartner.' sagde Rasmus.

Han løftede sit glas.

'Så vil jeg skåle for Asger, der giver os denne gave på en dødssyg tirsdag.' istemte Conrad.

Det nagede Asger, for han kunne mærke, at Conrad ikke var færdig med at afsøge Asgers motiver for at sælge til sine venner. Hvis BioPartner var den guldgrube, som alle snakkede om, var det mystisk uanset hvad.

'Skål for gode venner.' sagde Asger, mens han prøvede at skyde negative tanker ned.

Conrad havde altid haft tillid til Asger. Hvorfor skulle han stoppe nu? Asger fandt ro i maven med den tanke, men det skulle vise sig at være en meget kortvarig ro.

'Hvor meget kan du sælge os?' spurgte Conrad

'Og hvad er prisen?' fortsatte Rasmus.

Pludselig havde begge venner deres telefoner fremme. Asger kunne mærke koldsveden på ryggen. Det hele gik pludselig meget stærkt.

'Jeg må snakke med Jarl.' prøvede Asger.

'Skal det godkendes af Jarl?'

Rasmus smed telefonen fra sig på bordet i en opgivende gestus.

'Så kommer det jo ikke til at ske.' sukkede Conrad.

De kendte begge til blodsugeren Jarl, der var klar til at sælge sine egne børn for profit.

'Det skulle du sgu da have sagt, Asger.'

Kapitel 5

'Niels fører stort.'

Asger havde knap nok fået jakken af, før Carsten stod og pralede af Niels og dennes præstationer som sælger.

'Det er ikke en konkurrence.' forsøgte Asger.

'Gu er det da så!' kom det fra Niels.

Asger havde en fornemmelse af, at Niels havde sendt Carsten ud for at fortælle nyheden om, at Niels havde generobret førstepladsen i en konkurrence, som Asger helst havde undladt at deltage i.

'Det er okay, Asger. Du har ikke den samme evne til at spotte svage kunder, som jeg har.'

Asger gad ikke at svare. Den slags bekymrede aldrig Niels.

'Jeg er en stor hvid haj. Jeg vælger mit bytte og så angriber jeg.'

Niels klappede tænderne aggressivt sammen foran Asger.

'Hvis du har brug for et tip eller nogle hurtige råd, så siger du bare til.'

Asger smilede høfligt og gik uden om Niels.

'Han ser bleg ud.' jublede Carsten.

'Han har lige set den store hvide haj.'

De to idioter grinede højlydt. De blev heldigvis afbrudt af Jarl, hvis blotte tilstedeværelse hurtigt fik dæmpet gemytterne. Alle satte sig på deres pladser og afventede børsens åbning kl. 09.00.

'Uanset hvad der sker i dag, så hænger I bare i. Vi skal sælge, sælge og sælge. Træk tre point af, hvis det bliver nødvendigt.'

Asger kæmpede med tanken om at fortælle Jarl om middagen med Rasmus og Conrad. Han turde ikke, for Jarl var ubarmhjertig. Han havde modsat Asger ingen venner – og havde intet problem med at dumpe snart værdiløse aktier i hovedet på Asgers venner uden nogen som helst form for skyldfølelse.

'Skal vi afvente eller skyder vi fra hoften?' spurgte Niels.

'Du skyder på alt, hvad der rører sig.'

Niels nikkede. De ville ikke vente på børsens reaktion på tirsdagens aggressive handler af BioPartner, som i Asgers optik med garanti havde vækket et par af de store hvaler i USA. Spørgsmålet var så, om hvalerne også ville begynde at sælge eller om de ville købe aggressivt op.

Jarl satsede tydeligvis på, at hvalerne ikke havde bemærket, at der blev handlet BioPartner for millioner i Danmark på en enkelt dag. Asger fandt det naivt, men Jarl var godt orienteret, når det gjaldt amerikanske investorer. Hvis Jarl mente, at hvalerne stadig sov – ja, så sov hvalerne. Asger tog sit headset på, men ringede ikke op til den næste kunde på listen. Han ville afvente børsens åbning. Han kunne høre Niels og Carsten, der begge sad med hver deres forsvarsløse kunder. Snart ville deres tal på den store skærm stige. De var skrupelløse og dygtige sælgere.

'Skal du ikke i gang, Asger?'

Asger svarede ikke sin chef, for han tænkte, så det knagede. Han ville ikke sælge flere aktier til småsparere, hvis liv ville ændre sig markant, hvis de satsede deres sparepenge på BioPartner.

'Må jeg lave et tungt salg?' spurgte Asger.

Jarl havde været ved at blive utålmodig, men stoppede midt i den skideballe, som han ellers var klar til at give Asger.

'Hvad mener du?'

'Hvis jeg kan dumpe hundredetusinde til en enkelt køber?'

Jarl smilede.

'Måske endda mere.'

'Du har da ikke kunder til den slags salg.'

'Måske har jeg.'

'Hvad kan du sælge hundredetusinde for?'

'Ti point under noteringen. 225?'

'Glem det, Asger. Direktionen fyrer mig på stedet, hvis jeg underbyder BioPartner i den størrelsesorden.'

'Men Jarl…'

Asger greb fat i sin chefs jakke. Jarl stirrede på Asger, før han trak armen til sig. Han bøjede sig ned mod Asger, så kun de to kunne høre hinanden.

'Hvad fanden laver…'

'Hvad hvis det er mere end hundrede tusind aktier. Hvad hvis det er det dobbelte?' afbrød Asger.

'Jeg kan ikke ti point, Asger. Vi aner ikke, om vi sender det hele ned i en nedadgående spiral.'

'Det er 45 millioner kroner, Jarl.' insisterede Asger.

'Det ved jeg godt. Jeg kan godt regne. Det er for risikabelt, hvis en så stor handel svækker tilliden til aktien.'

Jarl trak sig væk fra Asger. Klokken var to minutter i ni. Snart ville Børsen åbne. Jarl stod nervøst og trippede.

'Det er to opkald, Jarl.'

Jarl stirrede på BioPartner-indexet, som Niels havde placeret på skærmen lige over den barnlige konkurrence.

'Direktionen myrder mig, Asger.'

Niels kiggede spørgende på Asger. Han havde åbenbart også bemærket chefens pludselige nervøsitet. Asger ignorerede Niels, som opgav at læse situationen og vendte tilbage til kunden, som han havde i røret.

'Så er klokken ni.'

Asger holdt vejret. Han kunne se, at Jarl gjorde det samme. BioPartner stod til forventet kurs 235, men skiftede kortvarigt til 236, før den vendte tilbage til niveauet. Hvalerne i USA snorksov.

'Asger!'

Asger kiggede op.

'Følger du med mig?'

Det var ikke så meget et spørgsmål, som det var en ordre. Asger fulgte sin chef, der holdt en afstand på et par meter, hvilket gjorde en privat samtale umulig. Mens Asgers afdeling var i et aflukket rum, var mange andre afdelinger en del af et større kontormiljø. Asger var lidt i tvivl om, hvor de egentlig var på vej hen, men han fulgte Jarl, der målrettet bevægede sig forbi en masse mennesker, der alle ønskede Jarl en god morgen.

'Kan vi ikke lige tale sammen?' spurgte Asger.

Han ville gerne lige holde styr på, om Jarl var ved at slæbe ham hen til personaleafdelingen. Han havde en underlig fornemmelse i maven.

Hvis han mistede sit job, ville de blive alvorligt klemt på privatøkonomien. Nu havde både han og Alma fået tudet ørerne fulde af velmenende forældre, der havde belært det unge par om prisen på et barn. Asger havde en aften efter en middag hos Almas forældre tjekket priserne på en institutionsplads, hvilket havde slået ham omkuld. De løj ikke, deres forældre. Det var dyrt som bare pokker. Hvis Asger nu mistede sit arbejde, ville de først komme i problemer.

'Vi skal denne vej.'

Jarl ledte Asger op ad en lille trappe, der førte væk fra mylderet af bankansatte på gulvet. Asger åndede lettet op, for de var ikke engang tæt på personaleafdelingen.

'Du skal lade mig tale, medmindre du bliver spurgt.'

Asger nikkede. Jarl stoppede op, da de nåede toppen af trinene.

'Jeg mener det, Asger. Jeg ved godt, at tonen i afdelingen er demokratisk, men her er det mig, der bestemmer.'

Asger kunne ikke genkende Jarls beskrivelse af en demokratisk lederstil, men han sagde ikke noget. Jarl fortsatte hen ad gulvet, der nu lå nøgent modsat etagen nedenunder, hvor alle gulve var beklædt med det samme grå tæppe, som man også fandt i alle bankens andre filialer.

Her var det et sildebensparket, der mindede alle ansatte om, at man ikke var her for sjov. Man var her for pengenes skyld. Mange penge.

'Så er det her.'

Asger genkendte ikke forkontoret, som Jarl førte ham ind på. Omvendt havde Asger ikke meget erfaring med kontorerne på ledelsesgangen. En kvinde, som Asger aldrig havde set før, sad bag et kæmpestort skrivebord og styrede slagets gang, hvad angik, hvem der kunne få adgang til personen bag de tunge, mørke egetræsdøre. Hun talte med perfekt diktion i et headset, hvor hun var i gang med at bestille et bord på en restaurant i indre by. Jarl stillede sig et par meter fra bordet og ventede. Asger stod bag sin chef og betragtede den dyre kunst på væggene i forkontoret. Der hang et værk af Tal R og et af Kvium. Asger vidste ikke meget om kunst, men efter at have set bunkevis af indretningsprogrammer sammen med Alma, kunne han skelne de mest populære danske kunstnere fra hinanden.

'Han har ikke tid i dag.' lød det koldt fra kvinden bag skrivebordet.

'Det tager bare fem minutter.'

Jarl holdt en hånd op for at vise, hvor mange fem minutter var. Kvinden bag skrivebordet slog en gang med hovedet. De kunne bare gå ind.

'Fem minutter.' sagde hun, inden Asger fulgte efter Jarl ind i løvens hule.

Kapitel 6

Direktøren for bankens investeringsafdeling hed Dirch Rieks, men blev af de ansatte i banken bare kaldt Rieks. Han var kendt som en hård hund, der havde støbt kuglerne til sin karriere på Wall Street, før han havde vendt snuden tilbage mod Danmark. Han var finansmand til fingerspidserne og var manden, som nyhedsformidlerne tog fat i, hvis de skulle have en ekspertkommentar til en nyhed i finansverdenen. Han havde skrevet tre bøger om investeringer og var en guru og gud for mange i finansverdenen. Asger havde set op til manden hele sit liv – og nu stod han på Rieks' kontor og ventede på, at manden selv gjorde en telefonsamtale færdig.

'Jarl. Det skal være ultra kort. Jeg skal på NEWS om en time.'

Jarl rømmede sig, mens Rieks studerede Asger.

'Hvem er du?' spurgte han bryskt.

'Det er Asger. Han er i min enhed for særlige investeringer.'

'Åh gud!' stønnede Rieks.

'Han er dygtig.'

'Har du stadig ham den ladte pistol rendende rundt dernede?

'Niels? Ja, han er afdelingens bedste mand.'

Rieks grinede hånligt, mens han rejste sig fra sin stol. Han var på vej ud, og ingen kunne stoppe ham. Jarl gik i panik og frøs i øjeblikket. Asger følte en trang til at åbne munden, men kendte udmærket sin plads.

'Hvis Niels er afdelingens bedste…'

Jarl blev bleg.

'Hvorfor kommer du så slæbende med en snotunge?'

Jarl lignede en mand, der havde slugt sin egen tunge.

'Fordi snotungen gerne vil sælge BioPartner tungt.'

Rieks rettede på slipset og var på vej til at tage sin jakke på, men han stoppede sin bevægelse og lagde den dyre jakke fra sig.

'Vi sælger ikke BioPartner tungt! Du skal sælge til de kunder, som vi ikke tjener en skid på i forvejen.'

'Han kan sælge for 45 millioner.' kom det fra Jarl, der allerede havde tilgivet Asger, at han havde talt uden for ordre.

'Til hvilken pris?' kom det tørt fra Rieks.

'Ti point under udbud.'

Rieks begyndte at grine.

'Vi dumper ikke aktier, som vi er så tungt investeret i.'

’Men klokken slår…’

Rieks lod ikke Jarl gøre sætningen færdig.

’Hvem er villig til at tage for 45 millioner kroner BioPartner?’

Asger var ikke dum. Han trak på skuldrene, som om han ikke anede, hvem han ville sælge til.

’Vil du gerne sælge for ti point under?’

Asger nikkede.

’Så sælg for tyve gange mere.’

Asger kunne høre Jarl, der kæmpede med at synke.

’Det er 900 millioner kroner.’ sagde Asger.

’Hvis du sælger for 900 millioner til ti point under, så giver jeg dig din egen afdeling.’

Jarl begyndte at grine. Rieks begyndte at gå. Øjeblikket senere stod Asger og Jarl alene på kontoret.

’Har vi så mange aktier tilbage? Der er to dage tilbage.’

Jarl slog ud med armene.

’Det kan vi sgu da ikke, Jarl.’

’Hvad skal jeg sige til dig?’

’Du skal fortælle mig, hvorfor vi sidder og jubler over, at vi kan sælge aktier for tusinder af kroner? Det rækker jo ingen steder, Jarl.’

’Kan du sælge for 900 millioner?’

Asger begyndte at grine.

'Selvfølgelig kan jeg ikke det.'

Kapitel 7

Asger havde solgt aktier for småpenge resten af dagen. Han var en lille million efter Niels, der brugte lige så mange kræfter på at prale, som han brugte på at sælge. Asger havde mistet modet, da han til sidst tog chancen og ringede til Conrad.

'Hvad så, Asger? Sagde Jarl nej til at sælge billigt?'

'Ja og nej.' svarede Asger.

Asger kiggede på uret. Klokken var 16.45. Der var femten minutter til, at børsen lukkede. Lige under uret stod tallet 235 og lyste i rødt. BioPartner havde flere gange i løbet af dagen flirtet med 236, men var tilbage i status quo.

'Hvad skal jeg bruge det til?' spurgte Conrad.

'Hvad har du at gøre med?'

'Ikke forstået.'

'Hvor meget kan du købe papirer for?'

'Hvad tilbyder du mig? spurgte Conrad.

'Jeg har 200.000 styk til dig.'

Conrad fløjtede.

'232!' svarede Asger kort.

'Fin pris.'

'Jeg vil gerne tiltrække en hval.'

'Hvorfor?' spurgte Conrad tørt.

'Fordi jeg sidder på rigtig meget, der gerne skulle blive mere værd i en fart.'

Der var tretten minutter tilbage af onsdagens handler på Børsen.

'Så hvis jeg vil købe en halv million aktier?'

Asgers mund var knastør.

'230' svarede Asger.

'Mangler banken likviditet? Er der problemer?'

'Jeg har ordren klar, Conrad.'

'En halv million til 230?

'Det er 115 millioner. Kan du det nu? Lige her og nu.'

Conrad blev stille. Asger holdt vejret.

'Vi kører. Skyd ordren af sted.'

'Vi snakkes.' kom det kort fra Asger.

Han havde allerede Rasmus klar på en anden linje.

'Ringer du mig op, så jeg skal sidde og vente? Er du blevet direktør for banken?'

'Jeg har lige solgt 500.000 BioPartner til Conrad.'

'Fuck dig, Asger!'

'Den er god nok. Du har otte minutter. Ring til ham.'

Rasmus behøvede ikke at ringe til Conrad.

'Hvad måtte han slippe?'

'230.'

Asger vidste, at Rasmus havde real time kurser på BioPartner. Det var et godt tilbud.

'Kan du matche det for mig også?'

'Jeg tænkte, at du måske ville handle mere?'

Rasmus begyndte at grine.

'Jeg bliver fyret, hvis jeg handler for den slags penge.

'Conrad spurgte ikke om lov fra far.'

'Fuck dig, Asger.'

'Fik jeg sagt, at du har seks minutter?'

'Hvad skal du have for 300.000?'

'233' svarede Asger.

'Du er en luderkarl.'

'Du kan bare købe 500.000. Så får du dem billigere.'

'Jeg ved sgu ikke.'

'Der er fem minutter. Jeg forstår godt, hvis du ikke kan spise til bords med de store.'

Asger lavede en købsordre på en halv million aktier i BioPartner. Det var kun et spørgsmål om at holde stilheden i femten sekunder.

'Jeg er så færdig! Giv mig 500 til 230.'

'Tak for besøget. Kom snart igen.'

'Fuck dig, Asger.'

De lagde begge på. Handlen med Rasmus gik igennem som dagens sidste. Nu afventede Asger bare en godkendelse fra Børsen.

'Nå, men vi skal vel til at gøre status for dagen?' kom det triumferende fra Niels.

'Giv mig lige tre minutter. Jeg venter på en godkendelse.'

'Din husmor fra Vejle må vente. Jeg har...'

'Kan du ikke bare give mig tre minutter, Niels.'

Niels satte sig ned med armene over kors. Stillingen på resultattavlen talte sit tydelige sprog. Niels havde solgt BioPartner for knap seks millioner. Asger var nede på fire millioner og Carsten havde kun lige rundet de tre millioner.

'Kom så, kom så, kom så.' gentog Asger.

Jarl trådte ind på kontoret samtidig med, at tavlen blev opdateret. Asger stod nu noteret for 234 millioner kroner.

'Der er noget galt med tavlen!' udbrød Carsten.

Niels kiggede op.

'Nej, fra hvor jeg sidder, ser det helt rigtigt ud.' sagde Asger og rejste sig fra sin stol. Det var tid til at gå hjem.

'Det er fandme løgn. Han har solgt en million aktier lige inden lukketid.' råbte Niels.

Jarl stirrede på resultattavlen.

'En million til 230.' sagde Asger tørt.

'Han har undersolgt. Det tæller ikke, Jarl. Det er mere end tre point.'

Jarl lyttede ikke til Niels. Efter et par sekunder åbnede han endelig munden.

'Kom så, store hval. Kom og spis os.'

Kapitel 8

Asger var på vej ned til cykelstativet foran banken, da han genkendte en skygge, der lænede sig op ad ydervæggen til bankens hovedkvarter.

'Conrad? Hvad skylder jeg æren?'

'Nå, jeg tænkte, om jeg måtte give en øl.'

'Nu? Nej, det kan jeg sgu ikke. Alma venter med mad.'

'Kan du så ikke lige forklare mig noget?'

Asger vendte sig mod sin gamle ven og tidligere studiekammerat.

'Hvorfor har jeg på fornemmelsen, at du lige har fucket mig?'

Asgers skuldre sank, men han prøvede at lade som ingenting.

'Hvad er det der foregår, Asger?'

'Jeg ved ikke, hvad du taler om. Rasmus købte også…'

'Ja, tak. Ham har jeg lige snakket med. Han var også nervøs.'

'I skal lade være med at lege med de store drenge, hvis ikke I har nerver til at spille det store spil.'

'Drop det pis, Asger.'

Conrad fulgte Asger, der pludselig ikke kunne huske, hvor han havde stillet sin cykel.

'Dette her stinker.'

'Jeg tvang dig sgu da ikke til at købe noget!'

'Du ringer fem minutter i lukketid.'

'Jeg havde et godt tilbud. Der var ingen tvang.'

'Asger!'

'Jeg kan ikke sige noget!'

Asger fandt sin cykel. Han låste den hurtigt op og trak den ud af stativet.'

'Hvad ved du, mand? Du ved jo noget.'

Conrads stemme var vred.

'Jeg kan ikke sige noget, Conrad.'

Conrad greb ud efter Asger, der allerede var oppe på cyklen.

'Har de ikke fået godkendelsen?'

Asger svarede ikke. I stedet trådte han ned på pedalerne.

'Fuck fuck fuck.' kom det fra Conrad.

Asger cyklede hjem.

Kapitel 9

Asger havde taget den lange vej hjem. Han var vred, sur og skuffet over sig selv. Han havde solgt sine venner og kunne nu kun håbe på, at den store hval ville købe revl og krat den følgende dag, så både Conrad og Rasmus kunne slippe nådigt fra deres handel med Asger. Der var ingen garanti, for banken ville kunne underbyde de to andre og deres firmaer uanset hvad. Det ville blive et blodbad. Banken ville tabe lidt penge, men det var intet imod, hvad banken ellers ville have tabt, hvis Asger ikke havde lokket Conrad og Rasmus i fælden. Nu kunne banken slippe af sted med et lille underskud – og så måtte Asger håbe på, at Conrad og Rasmus også havde et arbejde på fredag. Asger kunne mærke telefonen, der havde ringet igen og igen under hele turen hjem. Han gad ikke at tjekke displayet på telefonen. Han vidste godt, at det ville være ubesvarede opkald fra de to venner, som Asger ikke havde til hensigt at svare på. Han parkerede i stedet cyklen i gården. Da han låste sig ind i lejligheden, mødte Alma ham i gangen.

'Rasmus og Conrad prøver at få fat i dig.'

'Må jeg lige få jakken af?'

Alma flyttede sig en halv meter tilbage, men blev ellers stående midt i gangen.

'De vil virkelig gerne snakke med dig.' hviskede Alma.

'Det er fint. Jeg ringer til dem i morgen.'

Alma flyttede sig ikke.

'Jeg har haft en lang dag. Jeg ringer til dem, når vi har spist.'

Han kom med besvær forbi Alma.

'Men Asger…'

Asger trådte ind i stuen.

'Hej Asger. Hvordan går det med dig?'

Rieks stod i deres lille stue.

'Det var det, som jeg prøvede at sige. Vi har gæster.'

Rieks gik imod Asger, før han stak hånden frem.

'Jeg ved slet ikke, hvad jeg skal sige.' sagde Asger.

Det var surrealistisk at se Rieks i deres slidte stue. Hans jakkesæt måtte koste mere end alle lejlighedens møbler til sammen.

'Jeg sagde lige til din søde Alma, at jeg jo aldrig har været heldig nok til at blive far. Det er jo så spændende.'

Asger hørte ordene, men han forstod dem ikke.

'Du skal jo være far?' prøvede Rieks.

'Jo jo, det er rigtigt.'

'Jeg har fortalt Dirch, at jeg er gået tidligt på barsel.'

Asger kunne ikke følge med. Det hele gik meget hurtigt.

'Jeg vil gerne have en snak med dig.'

Asger nikkede.

’Er der et sted, hvor vi kan have en privat samtale?’

Asger kiggede sig omkring, som om han ikke kendte plantegningerne til den lille toværelses lejlighed.

’Jeg kan gå ud i køkkenet.’ foreslog Alma.

Hun smilede, da hun gik forbi Asger. Rieks blev stående.

’Kender du forskellen på at være modig og overmodig?’

Asger rystede på hovedet.

’Det tænkte jeg nok.’

Asger satte sig i sofaen. Rieks flyttede sig ikke.

’I morgen kommer der en hval og spiser os.’

Asger sagde ikke noget.

’Hvis den nu er rigtig sulten, så kommer vi til at tjene mange penge, Asger.’

’Men hvad nu…’

’Den ER rigtig sulten, Asger. Et marked vil altid reagere. Når nogen køber så tungt ind, som dine små venner har gjort, så reagerer markedet.’

Asger nikkede. Det var simpel logik. Hvordan markedet reagerede, var en helt anden sag.

’Lad os nu antage, at banken har en masse aktier, de gerne vil sælge.’

Asger nikkede igen.

'Men der pludselig også er to andre spillere på markedet, der er desperate efter at sælge - lad os sige en halv million aktier hver.'

Asger sagde ikke noget. Han nikkede heller ikke.

'Så risikerer vi jo, at må underbyde hinanden i ren desperation. Hvad gør det ved kursen?'

Asger svarede stadig ikke. Rieks satte sig på huk foran Asger.

'Dine to venner er nyttige idioter, Asger.'

Asger undgik øjenkontakt med Rieks.

'Du tænkte, at du skulle imponere mig. Du skulle sælge alle de aktier, for at vise mig, at du godt kunne.'

Asger nikkede.

'Hvorfor tror du, at jeg havde sat dig og resten af den uduelige afdeling til at sælge til småsparere?'

Asger anede det ikke. Det var en idiotisk plan, hvor banken ville brænde inde med millioner af kroner i aktier. Hverken Jarl eller Asger havde forstået fidusen.

'Fordi en lille bølge i havet, skaber en tsunami et andet sted i verden.'

Asger ville sætte sig tilbage, men Rieks trak ham frem mod sig, så deres ansigter var få centimeter fra hinanden.

'Så når der nu kommer en lille snotunge, der blander sig i tingene, hvad sker der så med min tsunami?'

'Det ved jeg ikke.' svarede Asger, der endelig meldte sig ind i samtalen.

'Så bliver den ustabil, så nu aner jeg ikke, om banken er købt eller solgt.'

Asger kunne mærke sveden på panden, der piblede frem.

'Så nu har jeg et kæmpe problem.'

'Men jeg troede, at du sagde...'

'Jeg troede sgu da ikke, at dig og den idiot Jarl kunne sælge aktier i den størrelsesorden.'

'Men hvad...'

'Hold din kæft, Asger.'

Asger gjorde, hvad han fik besked på, og holdt kæft. Rieks rejste sig og stak hånden i inderlommen. Han trak et stykke papir frem. Det rakte han til Asger, som tog imod papiret uden at kigge på, hvad det var.

'Nu finder du dine venner og viser dem det dér.'

Han pegede på papiret i Asgers hånd.

'Jeg ved ikke, om jeg har lyst til at være en del af dette her.'

Rieks nedstirrede Asger fra sin stående position.

'Det skulle du måske have tænkt over, før du solgte en million af mine aktier.'

Asger læste det papirark, som han havde fået stukket i hånden.

’Er BioPartner alligevel blevet godkendt af de amerikanske myndigheder?’

Asger flagrede med dokumentationen for, at det amerikanske FDA havde godkendt BioPartners slankemiddel.

’Er du dum, eller hvad er der galt med dig, knægt?’

Asger rystede på hovedet.

’Selvfølgelig er de ikke blevet godkendt, men det ved dine venner jo ikke en skid om, vel?’

Asger fortsatte med at ryste på hovedet.

’For så dum har du ikke været, vel Asger?’

’Nej, naturligvis ikke.’ løj Asger.

’Uanset hvad, så er dokumentet i din hånd et håndgribeligt bevis for, at BioPartner officielt bliver godkendt på fredag.’

Asger ville ikke irritere Rieks yderligere, så han stoppede med at bidrage til samtalen. Rieks ønskede ikke, at Rasmus og Conrad skulle sælge i panik dagen efter, for hvalerne skulle primært købe fra banken. BioPartner-aktien ville lynhurtigt stige, for markedet reagerer altid. Torsdag aften ville aktien være meget mere værd end de nuværende 235 point. Fredag morgen ville alle BioPartners aktionærer blive informeret om, at BioPartner var en død fisk. Ingen USA, ingen BioPartner.

'Har vi to en aftale?'

Rieks stod med hånden fremme.

Asger rejste sig og gav manden hånden.

Kapitel 10

'Det er mig. Kan vi mødes?'

'Hvorfor ringer du først nu? Jeg har ringet til dig tredive gange. Conrad er flippet helt ud på dig, mand.'

Asger lukkede øjnene. Han havde bedraget sine venner. Nu skulle han gøre alting godt igen – ved at bedrage dem en gang mere.

'Undskyld, men jeg kan forklare det hele. Kan vi mødes?'

'Det ved jeg ikke, Asger. Mille er til en koncert, så jeg er alene med prinsessen.'

'For helvede. Vi skal snakke sammen, inden I møder ind i morgen. Jeg lover, at det hele nok skal gå.'

Rasmus lød ikke særlig overbevist.

'Jeg ringer, når Mille er hjemme. Få fat i Conrad inden han tørlægger hele byen.'

Asger lagde på. Han kunne mærke presset, der sneg sig ind på ham, hver gang han prøvede at overskue sit bedrag. Det havde været frygteligt nok, at han havde ført sine venner bag lyset til at begynde med, men nu var tingene helt ude af proportioner.

'Er det ikke bare bedst, at du siger op?'

'Ikke nu, Alma. Ikke nu!'

Asger holdt håndfladen mod Alma.

'Det er ikke det værd, Asger.'

'2762 kroner!'

Alma kiggede forvirret på Asger.

'Prisen på en måneds vuggestue, Alma. Hvor skal pengene komme fra, hvis jeg ikke har et arbejde.'

Hun så trist ud. Asger hadede, når han fik hende til at se trist ud. Alma var altid glad, og graviditeten klædte hende. Han fik dårlig samvittighed, men han var presset. Han ville sige undskyld, men stress og frustration havde et så hårdt greb om ham, at han ikke havde plads til Almas følelser. Ikke lige denne dag. Ikke lige denne aften.

'Men hylden over…'

'Hold nu kæft med den skide hylde.' knurrede Asger.

Han tog sin jakke fra knagen i gangen og forsvandt ud ad hoveddøren. Mens han gik ned ad trappen, fik han fat i Conrad, der lød overraskende ædru.

'Hvor er du henne? Jeg har aftalt med Rasmus, at vi mødes senere. Jeg har noget, som jeg gerne vil vise jer.'

Der var stille i den anden ende.

'Conrad for helvede. Det er gode nyheder.'

'Jeg sidder i en taxa.'

'Fedt, hvor kan vi mødes? Så kan vi vente på Rasmus.'

'Jeg er på vej til Nakskov.'

'Nakskov? Hvad?'

'Mine forældre var fra Nakskov.'

'Er du ikke fra Lyngby?'

'Mine adoptivforældre er fra Lyngby.'

'Nå, men kan du ikke vende om?'

'Jeg skal se min mors grav, Asger.'

'Hold nu kæft, Conrad. Bed chaufføren om at vende bilen.'

'Du kan rende mig i røven, Asger.'

Conrad lagde på.

'For helvede!'

Asger stod foran sin opgang og bandede. Han kiggede på sit ur. Klokken var ni. Hvor lang tid tog en koncert? Kunne han nå til Nakskov og hente Conrad? Asger ringede til Rasmus.

'Hvor lang tid tager koncerten?'

'Det ved jeg da ikke. Hun er vel hjemme ved midnat, gætter jeg på.'

'For helvede!'

'Fik du fat på Conrad?'

'Idioten er på vej til Nakskov!'

'Hvad foregår der i Nakskov?' spurgte Rasmus.

’Det er en lang historie. Jeg smutter til Nakskov.’

’Hvad? Hvorfor? Skal jeg også komme til Nakskov?’

’Selvfølgelig skal du ikke komme til Nakskov. Bliv hjemme! Vi kommer hjem til dig. Hold dig vågen.’

’Der er altså langt til Nakskov.’ prøvede Rasmus.

Asger lagde på, så han kunne få fat i en taxa.

’For helvede!’

Kapitel 11

Asger var træt. Han havde fået en times søvn i taxaen, men han var grundtræt og havde brug for både mad, drikke og otte timers rigtig søvn. Til hans held brugte han samme taxaselskab som Conrad, så Asger havde bestukket chaufføren med tohundrede kroner. Fem minutter senere vidste Asger både hvor langt Conrad var nået, og hvor i Nakskov han var på vej til. Der var cirka fyrre minutter mellem de to, så der var en usikkerhed forbundet med at ankomme senere til Nakskov. Conrad kunne flytte sig langt i Nakskov på fyrre minutter. Det havde han heldigvis ikke gjort, for det tog kun Asger få minutter at lokalisere Conrad på Nakskov Kirkegård. Han sad på en lille bænk overfor et gravsted, da Asger fik øje på ham. Han gik målrettet mod sin gamle ven, der bare sad og stirrede ud i intetheden.

’Hvad så?’ spurgte Asger.

Conrad løftede hovedet og nikkede til Asger.

'Må jeg forstyrre et øjeblik?'

'Du skal lige hilse på min mor.'

Asger gik tættere på den slidte gravsten.

'Her ligger Kirsten Elisabeth Jensen. Vores elskede datter. 1. februar 1968 – 11. september 1992.'

'Står der mere?' spurgte Conrad.

'Næh, det er alt.'

'Hvorfor står der ikke mor?'

Asger anede det ikke.

'Fordi min mormor og morfar hadede min far. De hadede også mig.'

'Tror du?'

'Jeg ved det. De kunne ikke fordrage mig.'

Asger vidste ikke, hvad han skulle sige.

'Hvorfor snød du os?'

'Jeg har ikke snydt jer, Conrad.'

Asger havde dokumentet i baglommen, men han ville vente med at vise det, indtil han havde Rasmus og Conrad i samme rum.

'Det har du sgu da.'

'Jeg har ikke snydt dig.' gentog Asger.

’Du var altid den ærlige af os tre. Du var den, der altid fulgte reglerne. Du bøjede ikke noget for nogen. Nu kaster du os begge under bussen. Vi er så fucking færdige.’

Asger sparkede lidt i småstenene, der dækkede alle stierne på kirkegården.

’Jeg har altid set op til dig.’

Asger kiggede ned på Conrad, der pludselig lød som en lille dreng.

’Du havde alting, Asger.’

’Hvad snakker du om? Du klarede dig bedre i skolen. Du fik et bedre job. Du er gift. Du har for fanden to børn.’

Conrad rejste sig fra den lille bænk. Han var ikke fuld, men han så ud til at være påvirket.

’Du ved ikke en skid om mit liv, Asger.’

’Skal vi ikke finde en taxa hjem? Dette her er virkelig åndssvagt. Klokken er snart halv tolv.’

’Jeg bliver her hos min mor.’

Asger kunne mærke frustrationen vokse.

’Din mor er død, Conrad. Hun er skide ligeglad med mig, dig og BioPartner.’

’Der kan du selv se! Du ved ikke en skid om mit liv.’

Asger begyndte at gå.

’Hvor skal du hen?’

’Jeg skal hjem til Rasmus. Han sidder og venter på os.’

'Hvorfor gør han det?'

Conrad fulgte med Asger.

'Han vil gerne have en forklaring.'

'Det vil jeg sgu da også.'

Asger slog ud med armene.

'Så ring efter en taxa.'

'Du betaler.'

'Ring nu bare efter den skide taxa.'

Kapitel 12

'Hold nu kæft. Jeg troede aldrig, at I ville dukke op.'

Conrad og Asger stod i kælderen, som var de tyve i natten.

'Hvorfor kan vi ikke bare komme op i stuen?' klagede Conrad.

'Klokken er to om natten. Både Mille og Lillepigen sover.'

De fulgte efter Rasmus, der viste dem ind i sin slyngelstue, der primært bestod af en bar og et billardbord.

'Har du en sodavand?' spurgte Asger.

Han var ved at gå sukkerkold, men Rasmus tryllede tre røde colaer frem fra et køleskab bag baren. De åbnede hver deres dåse, men ingen sagde noget.

De to andre ventede på Asger, der prøvede at komme til kræfter. Han drak colaen i små slurke og nød den kolde, sukkerholdige drik til fulde.

’Det er altså spændende at glo på dig nyde en sodavand, men jeg skal op om fire timer.’ sagde Rasmus.

’Ja, vi skal op og redde vores job – takket være dig.’ tilføjede Conrad.

Conrad var blevet helt ædru under taxaturen fra Nakskov, hvor han havde snorket sig igennem det meste af Sjælland.

’Hør nu her. Min chef er en idiot.’ begyndte Asger.

De to andre droppede deres brok. Asger ville bare have natten overstået, så han kunne se Rieks i øjnene – skulle han være heldig nok til at møde ham igen. Før denne aften havde han haft stor respekt for sin højeste chef, men nu var respekten erstattet af decideret frygt. Niels og hans machoindstilling var vand ved siden af Rieks.

’Tidligere på ugen løb vi med et rygte, der gik på, at BioPartners slankeprodukt ikke ville blive godkendt af FDA i Washington.’

’Stik imod forventning.’ indskød Rasmus.

’Præcis, så Jarl satte afdelingen til at skyde BioPartner aktier af til småsparere og pensionister.’

’Det røvhul!’ kom det fra Conrad.

'Vi solgte en hel del, men vi kunne jo ikke sælge tungt, for så ville markedet bemærke det.'

'I ville ikke have hvalerne ind over.'

'Nej, for alt i verden ville vi undgå, at markedet omkring BioPartner blev ustabilt.'

'Men hvorfor var du så interesseret i at dumpe aktier til os?'

'Det kommer jeg til.'

'Kan vi springe frem til den del?' spurgte Rasmus og skævede til Jägermeister-uret, der hang i slyngelstuen.

'Nå, men idioten Jarl går i panik, fordi han ikke kan dumpe aktier hurtigt nok.'

Asger holdt en pause, mens det slog ham, hvor nemt det efterhånden var blevet for ham at lyve overfor sine venner. Han var træt og mentalt udmattet, men det afholdt ikke den ene løgn fra at tage den næste.

'Så han tager fat i Rieks.'

'Er du seriøs?'

Conrad sad med åben mund.

'Som en blodprop!'

'Rieks går i panik og truer os alle med fyring, hvis vi ikke får skudt nogle aktier af.'

'Så det er her du tager røven på os.'

’Hold nu kæft, så jeg kan fortælle historien.’ stønnede Asger.

’Men hvad gør du?’ spurgte Rasmus.

’Jeg gør sgu da ikke noget. Jeg har det dårligt med at tage sparepenge fra folk, der ikke har en rød øre at falde tilbage på.’

’Men du tog sgu da røven på os eller hvad?’

’Gjorde jeg?’ spurgte Asger kryptisk.

’Du stak af fra mig, da jeg ventede på dig foran banken.’

’Skulle jeg stå foran min arbejdsplads og indrømme, at jeg lå inde med insider viden?’

’Ærligt?’ spurgte Conrad.

’Ja, helt ærligt!’ svarede Asger.

’Selvfølgelig skulle du det. Du havde lige fucket os for 230 millioner kroner.’

’Jeg ryger direkte ned og sidde som receptionist.’ sagde Rasmus.

’Gør du?’

’Gider du ikke at holde kæft med alle de gådefulde spørgsmål?’

Asger trak dokumentet frem fra baglommen. Han havde mærket efter det skide dokument hele natten. Aldrig havde han klappet sig selv så mange gange bagi.

De to venner nærmest overfaldt Asger for at læse, hvad der stod på det ene stykke papir.

'Er det her legit?' spurgte Rasmus.

'Det ser sgu helt okay ud.' nærmest jublede Conrad.

Asger skammede sig pludselig mere end han havde gjort gennem alle løgnene. At se sine venner tabe modet og give op var en ting. At se dem vinde det hele tilbage på endnu en løgn var decideret forfærdeligt.

'Dette her dokument kan koste dig fem til syv år i spjældet.' sagde Rasmus.

'Skid hul i om han ryger ind og sidde. Forstår du, hvor mange penge vi har lavet i dag?' sagde Conrad.

Rasmus smilede stort, og Conrad smilede om kap med sin gamle ven. Asger tvang det sidste smil ud af sit ansigt. Han havde en fornemmelse af, at der ville gå lang tid, før han kunne præsentere et ægte smil igen.

'Det her er fantastisk, Asger. Tak fordi du pressede mig så hårdt.'

Rasmus lagde armene om Asger, der hadede den fysiske manifestation af sit bedrag mere end noget andet. Conrad fulgte efter med et kort og hurtigt mandekram.

'Tak for turen til Nakskov.' sagde Asger.

'Skrid så hjem med jer.' sagde Rasmus.

De gik mod døren til den udvendige kældertrappe, som de var kommet ind af nogle minutter før.

'Lige en sidste ting!' sagde Asger, da de stod ved døren.

'Alt for dig, chef.' svarede Rasmus.

'I køber og sælger ikke BioPartner i morgen.'

'Aftale!'

De gav alle tre hånd på aftalen. Rasmus lukkede døren bag Conrad og Asger.

'Skal vi dele en taxa til byen?' spurgte Conrad.

Asger nikkede.

'Hvor har du det dokument fra?'

Asger havde allerede et svar klar.

'Kan du huske Kevin fra handelsskolen?'

'Ikke rigtigt!' svarede Conrad.

Det var heldigt, for der var ingen Kevin på den handelsskole, som de alle tre havde gået på.

'Jeg hjalp ham med nogle ting, som han ikke havde helt styr på sidste år.'

'Hvad var det for nogle ting?'

'Private ting.'

Conrad nikkede.

'Så da jeg lod et par ord falde om BioPartner, fortalte han, at hans svoger i USA sad i et eller andet udvalg hos FDA.

'Hold nu kæft!' svarede Conrad.

'Det er en lille verden.'

'Det må du sgu nok sige.'

Kapitel 13

'Er du først hjemme nu?'

Alma stak sit søvndrukne hoved frem fra under dynen.

'Bare sov videre. Jeg tager et bad og får noget rent tøj på.'

Hun overgav sig til dynerne. Asger stillede sig i stedet under bruseren, som var placeret i en kabine i hjørnet af soveværelset. Han prøvede at samle tankerne, men alting flød rundt. Han kunne ikke skille sandhed fra løgn. Fakta fra bedrag. Det var en stor pærevælling i Asgers hoved, som bare fik lov at køre rundt. Rieks havde udstedt en ordre, der ville redde banken fra et kæmpe tab. Ikke alene ville banken undgå at tabe penge – der var faktisk en reel chance for gevinst. Det ville redde Asger fra at tabe ansigt i banken og måske endda sikre ham en bedre stilling langt væk fra Niels og Carsten. Han var ikke stolt af sin præstation over for Rasmus og Conrad, men det var nødvendigt. De ville sandsynligvis miste deres arbejde, men Asger ville være uden skyld. Hvordan skulle han vide, at dokumentet, som han havde båret i baglommen hele natten, ikke var ægte? Begge hans venner havde bekræftet det.

Han vidste ikke mere end de gjorde, så de kunne umuligt bebrejde ham. Han tænkte på Conrad og hans to børn. Rasmus og hans lille datter. Det bed alvorligt i hans samvittighed, men han havde også forpligtelser. Gennem den matte rude i brusekabinen kunne han se omridset af Alma. Om nogle måneder ville de være forældre, der skulle betale regninger og være ansvarlige. Asger prøvede at bilde sig selv ind, at han havde handlet som en ansvarlig forælder, men uanset hvor træt hans hjerne var, ville den ikke købe undskyldningen.

'Du er et råddent æg, Asger.' sagde han helt for sig selv.

Han slukkede bruseren, tørrede sig og begyndte at iføre sig sin skjorte. Den føltes som endnu en skjorte i en uendelig række af nedtonet påklædning, der gik hånd i hånd med at være bankmand. Da han var i tøjet, gik han i køkkenet og fandt en lille skål med skåret frugt, som Alma havde gjort klar til ham. Han lavede en Nespresso til frugten, som han indtog foran fjernsynet i stuen. Klokken var kun lige blevet seks om morgenen. Han havde kun lige nået et lille hvil på sofaen, efter han var kommet hjem. Nu kunne han mærke øjenlågene blive tungere, så han rejste sig hurtigt og lavede endnu en kop stærk kaffe. Da klokken nærmede sig syv, gjorde Asger sig klar til at tage på kontoret.

Han ville hoppe på cyklen, som han gjorde hver eneste dag, men lige denne dag ringede han efter en taxa. Da han nåede kontoret, var han ikke den første, der var mødt ind. Niels sad allerede foran computeren. Dumme intetanende Niels, der intet vidste om, at der var hvaler foran vinduerne til kontoret. Der var hvaler i havnen, og snart ville de helt store hvaler gå amok på Børsen.

'God morgen.' prøvede Asger helt uden nogen form for begejstring.

'Morgen.' sagde Niels.

'Du har ikke tændt for tavlen?'

'Konkurrencen er aflyst.'

'Nå, hvorfor det?' spurgte Asger drillende.

'Du snød jo!'

'Fair nok, men var det virkelig snyd?'

'Selvfølgelig var det snyd. Du solgte en million aktier til folk, som ikke er dine kunder.'

'Men det er de jo nu.'

'Det er for sent. Konkurrencen er aflyst.'

Asger smilede bag ryggen på Niels. Det var fint nok, at Niels havde aflyst konkurrencen. Det vigtigste for Asger var alligevel, at han ikke længere skulle høre på pral og lort fra Niels.

'Har du dine lister klar?' spurgte Asger.

’Du får ikke nogen af mine.’ svarede Niels bryskt.

’Bevares. Jeg har mine egne.’

Han havde ingen liste klar. Han skulle ikke sælge flere aktier. Det ville Rieks klare helt personligt. Det var ham, der udbød de store bunker af aktier, når hvalerne nærmede sig. Sådan var det. Det var også Rieks, der ville score bonussen, hvis salget af BioPartner gav overskud. Sådan var det i banken. Man kunne drømme stort, men man endte altid med ingenting. Rieks havde andre til at drømme for sig, men endte altid med at forøge sin private formue med endnu en million eller to. Asger var ikke misundelig. Ikke i denne omgang. På dette tidspunkt var han bare lykkelig for at have et arbejde at stå op til hver morgen.

’2762 kroner.’

’Hvad siger du?’ spurgte Niels.

’Jeg sagde 2762 kroner.’

’Hvad betyder det?’

’Det er hvad en vuggestueplads koster i vores kommune.’

’Det er dyrt at have børn.’

’Ja, det kan jeg forstå.’

’Så er det godt, at du er god til dit arbejde.’

Asger smilede. Det var alligevel noget.

’Men du har stadig meget at lære.’ kom det tørt.

Kapitel 14

Klokken nærmede sig ni, og der var stille på kontoret. Asger tænkte, at det helt sikkert var stilhed før stormen, for ingen på kontoret ville få lavet noget. Asger gættede på, at afdelingen ikke ville få tildelt nogle aktier, som de kunne sælge. BioPartner var nu blevet overtaget af Rieks. Han ville være den store helt i banken, når dagen var omme. Det var, hvad Rieks regnede med – og det var, hvad Asger stolede på. I morgen ville banken så gå helt amok. Folk ville juble over, hvor heldige banken havde været. At hvalerne lige præcis havde spist de skidtfisk, som banken havde kaldt guld overfor deres kunder i starten af ugen, men som om fredagen ville være døde sild.

'Den vinder de sikkert. Med alle de skader, så ville jeg helt sikkert spille på hjemmesejr.'

Niels og Carsten debatterede odds på fodboldkampe, som Asger ikke vidste særlig meget om. Han holdt med Danmark, når der var landskamp, men han interesserede sig ikke for klubfodbold. Det, der interesserede ham mest, var hvordan BioPartner ville klare sig i løbet af dagen. Han tænkte kort på Conrad og Rasmus. De ville følge dagen med mindst lige så meget spænding. I aften ville de gå i seng og føle sig rige og betydningsfulde.

Den tanke varmede Asger, så længe han ikke tænkte på, hvilken følelse hans venner ville vågne med i morgen.

'Kan jeg lige låne jeres opmærksomhed?'

Jarl var trådt ind ad døren. Niels og Carsten stoppede øjeblikkeligt fodboldsnakken. Asger lænede sig tilbage i stolen. Han havde en idé om, hvad Jarl ville fortælle dem.

'Al handel med BioPartner er suspenderet for resten af dagen.'

Asger smilede. Jarl sagde præcis, hvad Asger havde forestillet sig.

'Er det på grund af snotungen?'

Niels pegede på Asger.

'Jeg havde ellers gemt de bedste til sidst.' sagde Carsten.

Alle vidste, at det var løgn. Carsten havde ikke gemt noget som helst. Han var afdelingens dårligste mand og havde derfor også de dårligste bankkunder.

'Det er Rieks, der overtager BioPartner herfra.'

Niels og Carsten stirrede måbende på Jarl.

'Kommer der så en bonus baseret på ugens salg?' spurgte Carsten.

'Det må tiden vise.' svarede Jarl.

'Det har Asger sikkert også fået ødelagt.' brummede Niels.

Asger rejste sig. Han vidste ikke, om det var den mentale udmattelse eller manglen på søvn, men han havde pludselig fået nok af Niels.

'Hvad så? Vil du slås?' spurgte Niels, mens han fløj op af stolen.

'Kan du ikke bare gøre os alle sammen en tjeneste og holde din kæft, Niels? Bare for en enkelt gangs skyld.'

Niels stirrede iskoldt på Asger, mens han tog et skridt frem.

'Så kom dog! Du praler så meget med, hvor stor en mand du er.'

Jarl kom imellem dem, inden Niels kom for tæt på.

'Sæt dig ned, Niels.'

'Ja, sæt dig Niels. Dit svage menneske. Du kan ikke andet end at være grov. Tøsedreng.'

Asger kunne næsten ikke fatte ordene, der væltede ud af ham.

'Asger! Stop nu!' råbte Jarl.

'Jeg slår dig fandme ihjel, din lille snotunge.' råbte Niels.

'Dig! Du kan ikke engang slå en bule i en hat.'

Niels væltede Jarl ned på gulvet. Sekundet efter havde han fat i kraven på Asger, der faldt bagover. Her lå de så og rodede rundt på gulvet, mens Jarl prøvede at komme op.

Niels ramte Asger på hagen med et svagt slag, men blev vendt rundt, da Asger sendte en albue direkte i ansigtet på ham.

'Stop nu!'

Det var Carsten, der løftede Asger væk fra Niels, inden der nåede at ske mere. Niels blev liggende på gulvet, hvor han tog sig til kinden. Den albue havde ramt godt. Asger kunne ikke mærke noget på hagen. Niels var en slapsvans.

'Hold nu helt op!' udbrød Jarl.

Han sad på Asgers stol.

'Undskyld, Jarl.' kom det fra Niels, der stadig lå på gulvet.

'Ja, undskyld.' sagde Asger.

Der gik et øjeblik, før det gik op for Asger, at Jarl ikke havde kommenteret på den barnlige slåskamp.

'Det var da helt vildt.' kom det fra Carsten.

Asger kunne ikke tro sine egne øjne. Klokken var over ni. BioPartner-aktien stod i 299, men rundede 300 i samme sekund.

'Kan jeg få en hånd?' spurgte Niels.

Han rakte en hånd frem foran sig – og Asger greb fat. Snart var Niels på benene. Han klappede Asger på skulderen som en slags tak for kampen. Asger pegede på tallet på den store skærm, der nu var på 305.

'Det er jo sindssygt!' jublede Niels.

Han lagde armen om Asger. Det var altid fra asken til ilden med Niels.

Kapitel 15

Dagen fløj af sted. Asger havde sammen med resten af afdelingen holdt øje med kursen på BioPartner. Stigningen havde stagneret en smule over formiddagen, men efter frokost havde den taget til igen. Aktien stod til kurs 464 med under en time tilbage at handle i. Hvalerne var virkelig landet på den danske fondsbørs. Asger ville ønske, at han vidste, hvordan det gik med bankens salg af aktier. Havde Rieks tilbudt bankens BioPartner-aktier i små stykker, eller havde andre holdt efterspørgslen kørende over hele dagen? Asger anede det ikke og var klar til at give op og gå hjem, da hans telefon ringede.

'Det er Rieks. Kig lige op, Asger.'

Rieks lagde på, inden Asger kunne nå at svare.

'Jeg smutter lige et øjeblik.' sagde Asger.

Ingen lyttede, så han rettede på sin skjorte og sit slips, tog jakken på og gik ovenpå. Det var med en spændt følelse, at han besteg trappen til direktionsgangen. Det var med nervøsitet, at han gik ind i forkontoret. Kvinden bag det store skrivebord sagde ingenting. Hun slog bare ud med højre arm. Rieks ventede allerede Asger.

'Kom indenfor. Luk døren bag dig.'

Asger lukkede døren bag sig. Rieks stod ved et af kontorets store vinduer og kiggede ud på byens pulserende trafik.

'Hvordan har du det, Asger?'

Asger nikkede. Han vidste godt, at Rieks ville skide på, hvordan Asger gik og havde det.

'Jeg gav dig en opgave i går.'

'Ja, det gjorde du.'

'Hvordan gik det med den?'

'Jeg gjorde, som du bad mig om.'

'Bed dine venner på krogen?'

'Ja, det tror jeg.'

Asger vidste det ikke med sikkerhed, men han havde en idé om, at både Conrad og Rasmus havde holdt deres løfte.

'Så i dag har jeg reddet banken fra en kæmpe ydmygelse.'

'Det må man sige.' istemte Asger.

'Ikke alene har vi undgået at se dumme ud over for vores aktionærer og offentligheden…'

'Vi har også tjent penge.' fortsatte Asger.

Rieks kiggede op. Han var ikke vant til at blive afbrudt.

'Rigtig mange penge, Asger.'

'Du ville gerne se mig?'

'Ved du, hvad jeg bedst kan lide ved dagen i dag?'

’At du har tjent mange penge hjem til banken?’

Rieks grinede.

’Nej, Asger. Jeg tjener penge til banken hver dag.’

’Så ved jeg det ikke.’

Rieks forlod sin plads ved vinduet. Han satte sig på sin plads og gestikulerede til Asger, der satte sig i en af stolene overfor.

’Det bedste ved dagen i dag er den krølle på halen, som du har bidraget med.’

Rieks åbnede en af skufferne i skrivebordet. Han trak en kuvert ud fra skuffen, som han rakte til Asger.

’Du kan åbne den, hvis du har lyst.’

Asger tog imod kuverten, men gjorde ikke mine til at åbne den.

’Når ens konkurrenter tror, de har ramt jackpot. Nu sidder de på en halv million BioPartner-aktier hver, som lige nu er dobbelt så meget værd, som de var på samme tidspunkt i går.’

Asger reagerede ikke. Rieks stak til hans dårlige samvittighed. Hvis Asger havde været som Niels, ville han have frydet sig. Sådan var Asger ikke. Han skammede sig

’I morgen har de tabt det hele.’

Rieks smilede bredt.

’Sådan må det jo være.’ sagde Asger.

'Man kan lige så godt lære det.' fortsatte Rieks.

Rieks rejste sig og gav Asger hånden. Hans møde med chefen var forbi. Asger rejste sig, gav hånd og gik mod forkontoret.

'Skal du ikke åbne din gave?' kom det fra Rieks, da Asger nåede døren.

'Det tror jeg ikke. Ikke lige nu. Men tak for den.'

Asger løftede kuverten op som en slags hilsen. Da han kom ud i forkontoret, stak han kuverten i inderlommen på sin jakke. Blodpengene lugtede mindre fælt fra inderlommen. Han skammede sig over sig selv, banken og Rieks. Asger ville altid ønske det bedste for banken. Det betød ikke, at han ønskede ulykke for andre, selvom han var bevidst om, at det var en naturlig konsekvens af bankens succes. Han ville aldrig være den, der førte kniven nogensinde igen. Det havde været første og sidste gang. Da han gik ned ad trappen, fik han kigget på et af bankens ure, der hang på en endevæg. Klokken var 16.55.

Han greb telefonen i lommen.

'Vi er rige!'

'Conrad! Du skal sælge de aktier lige nu.'

'Er du sikker?'

'De aktier er værdiløse i morgen.'

Et øjebliks stilhed.

’Der var ikke nogen Kevin på handelsskolen, var der?’

’Hvis der var, har jeg aldrig mødt ham.’

Et øjebliks stilhed.

’Fuck, jeg elsker dig, Asger.’

’Jeg ringer til Rasmus. Stegt flæsk i aften?’

Glæd dig til næste bog i serien:

Menneskeskæbner Vol. 3 Simone